W9-AAY-700

Colección original dirigida por Canela (Gigliola Zecchin)
Diseño de interior: Helena Homs
Diseño de tapa: Paula Lanzillotti

Montes, Graciela
    La guerra de los panes / ilustrado por Elena Torres - 20ª ed. - Buenos
Aires : Sudamericana, 2015.
    64 p. : il. ; 20x13 cm. (Pan Flauta)

    ISBN 950-07-2046-9

    1. Literatura Infantil y Juvenil Argentina. I. Elena Torres, ilust. II. Título
    CDD A863.928 2

Primera edición: noviembre de 1993
Vigésima edición: marzo de 2015

© 1993, Editorial Sudamericana S.A.®
© 2013, Random House Mondadori S.A.,
Humberto I 555, Buenos Aires.

Impreso en la Argentina
ISBN 10: 950-07-2046-9
ISBN 13: 978-950-07-2046-5
Queda hecho el depósito que previene la ley 11.723.

www.megustaleer.com.ar

Esta edición de 2.000 ejemplares se terminó de imprimir en Elías Porter y Cía S.R.L.,
Plaza 1202, ciudad de Buenos Aires, en el mes de marzo de 2015.

colección

pan flauta

LA AUTORA

Graciela Montes nació en Florida, provincia de Buenos Aires, en 1947. Es, además de escritora, editora de libros para chicos. Entre los que publicó figuran: *Tengo un monstruo en el bolsillo*, *Otroso*, *Historia de un amor exagerado*, *Y el árbol siguió creciendo*, *Cuatro calles y un problema*, *Irulana y el ogronte* y, en esta editorial, *Más chiquito que una arveja, más grande que una ballena* y *A la sombra de la inmensa cuchara*.

LA ILUSTRADORA

Elena Torres nació en Buenos Aires, en el barrio de Mataderos. Estudió Bellas Artes, empezó a trabajar como ilustradora en revistas que leen los grandes hasta que alguien le ofreció hacer un libro para chicos. Desde entonces se dedicó a dibujar nada más que para ellos. Ilustró una larga lista de títulos, de los cuales *Bettina, la máquina del tiempo* fue el primero; después vinieron *Las locas ganas de imaginar*, *La verdadera historia del ratón feroz*, *Y el árbol siguió creciendo* y, en esta editorial, *¿Quién pidió un vaso de agua?*

LA GUERRA
DE LOS PANES

Graciela Montes
Ilustraciones: Elena Torres

Lo que voy a contar ahora sucedió en Florida. Todo el mundo sabe que las mejores historias, las más sabrosas y crocantes, suceden, necesariamente, en Florida. Eso es algo que los que viven para el lado de Centrángolo nunca estuvieron demasiado dispuestos a aceptar. Y, sin embargo, es la pura verdad. ¿En qué otro barrio, si no en Florida, díganme un poco, pudo tener lugar la guerra de los panes?

Una guerra incómoda, si se quiere, pero también apasionante, una de las pocas guerras de las que a la larga no hubo por qué arrepentirse.

En Agustín Álvarez, casi llegando a Vallegrande, estuvo siempre la panadería de Tomasito Bevilacqua, el Rulo. "A la Gran Flauta" se llama, y es tan vieja como el barrio. Y en Vallegrande, casi llegando a Agustín Álvarez, abrió su nueva panadería Florencia Lumi, la Gorda. Le puso por nombre "La Rosca Encantada".

Fue algo que el Rulo no pudo tolerar.

El Rulo fue por años nuestro único panadero, el panadero de Florida, el dueño de las flautas y las flautitas, de los miñones, de las milonguitas, de los felipes, de los caseritos, del pan chico y del pan grande, y también de las tortitas negras, las medialunas, los bizcochitos, los cuernitos, el pan de leche y los vigilantes. Cada vez que un floridense mojaba un poco de miga en el tuco de los ravioles se acordaba del Rulo. Necesariamente. Cada vez que echábamos la yerba en el mate, nuestra nariz se preparaba para aspirar el incomparable aroma de sus bizcochitos de grasa. Para fin de año el Rulo hacía un pan dulce con muchos piñones, que nos parecía el mejor del mundo, y después, de yapa, nos prestaba el horno a todos los que quisiéramos asar nuestros lechones.

Y, de pronto, aparece la Gorda con su "Rosca Encantada".

Claro está que la Gorda no era una extraña. La Gorda fue siempre la repostera oficial de nuestro barrio. Una repostera genial, inspirada, inimitable, capaz de hacer tortas no de siete ni de ocho sino de dieciocho pisos (como la que hizo para el casamiento de Bartolo Guzmán con Lucianita, la hija de Beti Flores), y tortas de cumpleaños con cubiertas de mazapán tan maravillosas, tan increíbles que venían de otros barrios para verlas.

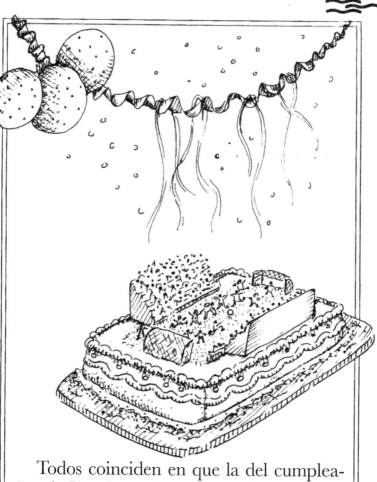

Todos coinciden en que la del cumpleaños de Josecito, mi sobrino, fue inolvidable:
una cancha completa, con todos sus jugadores, el árbitro, la pelota, el banco de los
suplentes, las tribunas, y ciento veintitrés
simpatizantes agitando sus banderines. Todo,
absolutamente todo, hecho en mazapán de

treinta y dos colores diferentes. Sólo la que le hizo al profesor Fernández cuando se jubiló pudo competir con la de Josecito: representaba la historia de la humanidad, desde sus orígenes hasta el Renacimiento incluido, que era el tema del profesor Fernández. Todo en mazapán, por supuesto, aunque la Gorda confesó luego a desgano que las armaduras del ejército romano estaban cubiertas de papel plateado, porque era muy difícil imitar ciertos brillos con mazapanes.

Y, como si esto fuera poco, el relleno de las tortas de la Gorda fue siempre maravilloso. A veces crocante, a veces blandito y siempre delicioso, inesperado, perfecto. En fin, que la Gorda y sus tortas habían ocupado siempre un lugar en nuestro corazón y en nuestro barrio. Sólo que la Gorda trabajaba en su casa y por encargo. Por años trabajó así. Hasta que se puso con que quería abrir una panadería.

—Dirá confitería —suponíamos todos.

Pero no. No decía confitería. Decía panadería. Panadería y también confitería, pero en primer lugar panadería. Y, si se piensa bien, sus razones tenía. Porque la gente, por

mucho que cumpla años, por mucho que se case y se jubile, nunca va a necesitar más de dos o tres tortas por año, y en cambio, ¿quién soporta un estofado sin pan fresco, un sánguche sin pebete, un mate sin bizcochitos?

"Pan fresco todos los días y tortas para las fiestas", eso decía el cartel que colocó la

Gorda en el frente el día de la inauguración. Fuimos todos. La invitación estaba hecha en mazapán azulado, con letras de chocolate. Resultó deliciosa.

El Rulo nos miraba pasar desde la puerta de su panadería, con aire tan compungido que algunos de los que vivimos en Agustín

Álvarez preferimos dar la vuelta completa a la manzana por no pasar por su puerta.

Al día siguiente empezó la guerra.

La Gorda había decorado muy bien el local. Con cortinitas cuadriculadas en las ventanas, carpetas bordadas en punto sombra, canastos de todo tipo y muchos moños escoceses en los canastos. Ella misma se vistió con un vestido a cuadros y se puso un delantal blanco, con volados, y una cofia. No es el tipo de ropa que se use en Florida, pero a nadie le pareció mal. Todos los que la veían suspiraban y decían:

—Parece de un cuento.

Entre tanto, en la vereda de enfrente, estaba el Rulo con su gorro blanco, como siempre, y el pelo negro bastante blanco de tanto acarrear bolsas de harina. De "A la Gran Flauta" salía el mismo olorcito de siempre. El olor a pan de toda nuestra vida. Pero de "La Rosca Encantada" salían olores que nunca antes habíamos sentido. Olores mezclados, novedosos, que eran a pan, sí, pero que también tenían un que sé yo de anís, o de sésamo, o de hierbas, una nada de cebolla, de ajo, de tomillo... El que más el que menos quiso probar. Es natural que

hayamos querido saborear esos olores.

Y también es natural que el Rulo haya comenzado a enojarse seriamente.

Al día siguiente puso en la vidriera un pan flauta doradito de algo más de un metro.

Fue una tentación. Los chicos que iban para el colegio pegaron las narices a la vidriera imaginando lo que sería contar con un sánguche de ese tamaño para entretener el apetito en el recreo.

Lo compró Dora Jaramillo, la mujer del ferretero, porque esa noche venía su hermana a cenar y un pan así iba a quedar espléndido sobre su mantel rojo con flores blancas.

Por ir a ver el pan flauta de "A la Gran Flauta", el que más el que menos se tentó y compró medio kilo de miñones, una docena de pebetes, una cremona, una ensaimada o los infaltables bizcochitos de grasa. "La Ros-

ca Encantada" estaba desierta: ni un alma había detrás de las cortinas a cuadros.

Pero al día siguiente otro y muy otro fue el cantar. La Gorda trabajó desde las cuatro de la mañana y a las siete, para cuando salíamos hacia nuestros trabajos, las dos vidrieras de cortinitas y también la puerta de "La Rosca encantada" estaban atravesadas por una especie de trenza inmenza (calcúlenle unos dos metros, sin exagerar), crocante como el mejor pan francés pero, además, calada, enrulada, festoneada y pespunteada de tal manera que parecía un encaje.

Fue ir a ver la maravilla y entretenerse comprando panes de ajo, de ají, ajonjolí, de arándano, de ruibarbo, de jengibre y de muchísimos otros sabores recién arribados al barrio. La Gorda sonreía debajo de su cofia de puntilllas, envolvía los pancitos en papel celofán y les ponía un moño.

La trenza fue a parar a Colegiales. No hubo nadie en condiciones de comprarse tamaña maravilla en nuestro barrio.

Dimos por sentado que se había desatado la guerra y nos dispusimos a disfrutarla lo

mejor posible, como quien se sienta a la puerta de la casa para ver pasar el corso. No imaginábamos que llegaría el día en que rogaríamos jadeando que nos diesen tregua.

Al día siguiente el Rulo nos sorprendió con un pan flauta descomunal, único. Tres

metros y veintidós centímetros exactos (el Goyo y Belarmina lo midieron con dos reglas). Estaba fuera del local. Sobre un tablón tendido sobre dos caballetes en la mitad de la vereda. Despedía un olorcito inconfundible, el olorcito al pan de siempre, que nos iba llevando a todos de las narices hacia

el interior de la panadería, donde el Rulo, cubierto de harina y muy sonriente, nos esperaba en medio de sus milonguitas con olor a levadura fresca, seguro de que, al menos esa mañana, era con su pan y no con el de la Gorda que se iban a llenar nuestras bolsas.

Al pan flauta descomunal lo compró el Club de Jubilados en tres cuotas. Cortado al medio, bien untado con mayonesa y un kilito de salame cortado bien finito y repartido con cuidado, alcanzó para que almorzaran alegremente veintiocho socios de los más pobres. Se lo comieron ahí mismo, frente a la panadería, y sin cortarlo, sosteniéndolo entre todos y dándole tarascones en medio de carcajadas. Fue un espectáculo extra. Y, como ya iba llegando la hora del mate, el Rulo consiguió vender, de yapa, varias bandejas de vigilantes y un par de carretillas de bizcochos.

Mucho antes de la caída del sol ya "La Rosca Encantada" había bajado sus persianas. Pero nadie se engañaba. Detrás de las persianas, detrás de las cortinitas a cuadros, del otro lado del mostrador, mucho más al fondo, en la cocina, donde ocupaba el trono

su majestad el horno, la Gorda tramaba una horrible venganza.

Al día siguiente, ahí estaba, en mitad de la vereda, sobre una especie de tarima improvisada con tres banquitos y un gran trozo de terciada, la gran hogaza. Era redonda, inmensa, perfectamente dorada y atravesada

en la cima por dos grietas maravillosas de donde manaba un olorcito que nadie podía identificar pero que a todos les traía oleadas de hermosos recuerdos.

Unos decían que era el olor de las tortas que les hacían cuando chicos sus abuelas. Otros pensaban en las tostadas con manteca que habían comido en un hotel junto al

mar, la única vez que habían ido de veraneo.
Muchos recordaban viejas canciones. O películas muy amadas, que nunca habían podido volver a ver. O cuentos que les habían contado un día de invierno mientras los envolvían con una frazada. Era ver y oler la hogaza —tan serena, tan oronda en la mitad de la vereda— y empezar a suspirar con los recuerdos. Y, como los recuerdos siempre abren el apetito, no había más remedio que darse una vueltita por "La Rosca Encantada" y llevarse un bollito de anís, un pan agriculce, un pan de malta o al menos una napolitana, una caracola o una cristina con pasas.

El Rulo, entre tanto, resoplaba su rabia y seguía trabajando en la ampliación de su cocina y en la instalación del nuevo horno. Estaba decidido a sorprender al barrio con su nueva flauta antes de que transcurriese una semana.

Lo logró, por supuesto, porque ningún barrio dejaría de sorprenderse si de pronto se le apareciera un pan flauta de veinte metros en una vereda cualquiera. Tan largo era que, para hablar de él, no había más remedio que usar los puntos cardinales.

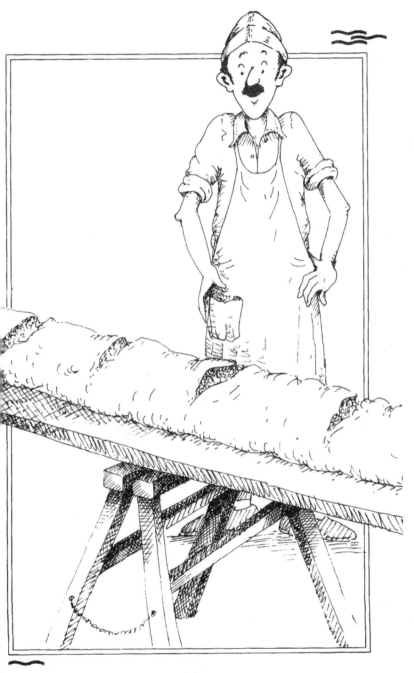

—¡Ojo con el coquito sur, que es muy pinchudo! —nos avisábamos.

O, si no:

—¿Viste qué deliciosa parece la costrita del flanco oeste?

Era portentosa esa flauta. De veras admirable.

Ese día no sólo los de Cetrángolo se hicieron una escapadita para verla. También vino gente de Carapachay, de Munro, y hasta de Coghlan, de Urquiza y de Belgrano. Una romería fue eso. Se formó una gran cola para ver de cerca el portento. Y, como las colas son muy aburridas, el que más el que menos se entretuvo mordisqueando la punta de una de esas medialunas tiernitas que fueron siempre el orgullo del Rulo. Al caer la tarde, el propio Rulo dividió la flauta en trozos y la repartió equitativamente entre los peregrinos que habían quedado rezagados.

En "La Rosca Encantada", mientras tanto, silencio y meditación, meditación y silencio.

Debo confesar que, al día siguiente, al asomarme al barrio, sentí un cierto desencanto. Lo que apareció sobre la tarima de Vallegrande no me pareció gran cosa en un primer momento. Era un pan de esos que llaman de molde, rectangular, largo. Muy grande, eso sí, pero muchísimo más corto que la gran flauta. Más bien moreno, de olorcitos mezclados, eso también, pero no más oloroso que la inolvidable gran hogaza.

Sin embargo, no había transcurrido media hora que ya todos comentábamos que era el pan más extraordinario que habíamos visto y probado jamás en nuestras vidas.

La Gorda, provista de un gigantesco cuchillo serrucho, nos fue revelando, rebanada a rebanada, los misterios que ese pan escondía. Pudimos ver entonces que, en

cada corte aparecía dibujada, con distintos colores y texturas de miga, una escena fundamental de alguna historia inolvidable. A mí me tocó, por ejemplo, la del caballo de Troya, en el momento mismo en que los griegos salían de su panza para derrotar a los troyanos. Otros se encontraron con Caperucita Roja a punto de ser devorada por el

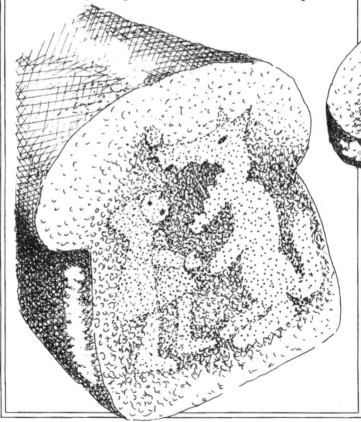

lobo o con Romeo y Julieta hablando en el
balcón de sus amores o con David derrum-
bando al gigante Goliat de un piedrazo. Y, en
cuanto uno hincaba el diente en esa miga
esponjosa y de olor incomparable, uno sentía
que estaba viviendo, en persona, una in-
creíble aventura. Y, en cuanto terminaba su

rebanada y se sacudía las miguitas, juraba y perjuraba que su vida no era ya una vida aburrida, una vida como otras vidas de barrio, sino más bien una vida aventurera, una vida maravillosa, terrible y extraordinaria.

Como ya estábamos entrando en el mes de diciembre y se acercaban las fiestas, todos empezamos a sospechar que el pan dulce podía llegar a convertirse en un terrible campo de batalla.

—¿Adónde iremos a parar con todo esto? —murmurábamos.

Hacíamos nuestros comentarios en voz baja y con cierta preocupación: con esta cuestión de la guerra de los panes habíamos engordado todos muchísimo y teníamos muchas dificultades en abrochar nuestras polleras y calzarnos nuestros pantalones. Temíamos que la batalla del pan dulce acabara por inflarnos hasta el borde del estallido. Nos prometíamos no dejarnos tentar. Pero eran promesas huecas, ridículas. ¿Cómo no dejarnos tentar por los aromas que se entrecruzaban "A la Gran Flauta" y "La Rosca Encantada"? ¿Cómo no sucumbir a la escandalosa publicidad de migas, costras,

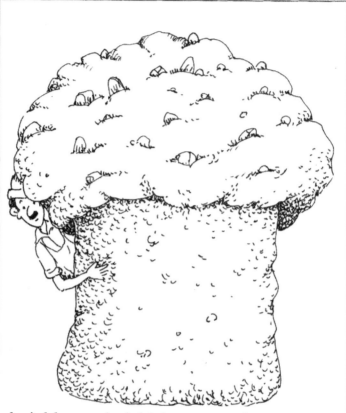

hojaldres y hojaldrinas que de pronto se
había adueñado del barrio?

El 22 de diciembre el Rulo colocó su pan
dulce en la vereda. Era gigantesco (cincuenta
y cinco kilos en total, ocho kilos de piñones,
siete kilos de pasas y cinco kilos de almendras). No una sino treinta familias podían
celebrar la Navidad con ese pan dulce.

Y el 22 de diciembre, una hora después que el Rulo, aparecieron la Gorda y su pan dulce. Más que un pan dulce era una arquitectura de pan dulce: setenta panes dulces de distintas formas y tamaños, de diferentes estilos —genoveses, piamonteses, milaneses, austríacos, suecos, finlandeses—, engarzados unos en otros, apilados y desdoblados hasta formar a su vez el dibujo de un pan dulce aéreo y gigantesco.

Y ahí estaban nuestros dos panes dulces. Uno casi frente al otro. Uno en Agustín Álvarez, rozando la esquina de Vallegrande. Y el otro en Vallegrande, rozando la de Agustín Álvarez.

El que se levantaba como un monumento enfrente de "A la Gran Flauta" era más bien macizo, contundente, impresionante. Con su inmensa forma de pan dulce muy conocido nos hacía recordar con cariño las viejas Navidades en el barrio, y pensábamos en la sidra, en los brindis en la vereda y en los petardos.

El que había salido de "La Rosca Encantada" era más frágil pero sorprendente, volador, y nos hacía soñar con otras Navidades que nunca conocimos, con Navidades llenas de nieve y juegos insospechados. Nos llenaba de fantasías.

Pero hay que reconocer que los dos eran maravillosos, y extraordinarios, cada uno a su manera. De modo que, cuando vinieron los del Deportivo Santa Rita y los de la escuela 12 a vendernos las rifas, todos dijimos que sí, que íbamos a comprarles.

43

Porque el Rulo y la Gorda ya ni siquiera pensaban en los gastos enormes que les estaba trayendo la guerra de los panes, y a sus obras maestras, a sus panes dulces gigantescos, los habían donado. Estaban tan entusiasmados con la lucha, tan belicosos, que ni siquiera pensaban en hacer negocios. Ellos habían hecho esos espléndidos panes para seducir, para maravillar, para deslumbrar a los clientes, y no para hacer dinero. Podían ganar dinero con los panes dulces tamaño pan dulce, con los que vendían en el

interior de sus locales, eso sí. Pero los que se alzaban majestuosos en la vereda eran banderas de batalla, no eran mercadería.

De modo que los donaron. El de "A la Gran Flauta" fue para techar el minipolideportivo Santa Rita, así no hacía falta suspender los amistosos cuando los sábados venían feos y con lluvia. El de "La Rosca Encantada" fue para los chicos de séptimo grado turno tarde de la escuela 12, que eran un poco más pobres que los de la mañana y no habían podido juntar para el viaje.

Los muchachos del Deportivo Santa Rita hicieron numeritos de cuero en forma de pelota, y a los chicos y a las chicas de la escuela 12 la Gorda les regaló numeritos de mazapán color caramelo, tan sabrosos que más de uno ya se lo había comido antes del sorteo.

Eran baratos, así que el que más el que menos se compró uno, y casi todos nos compramos dos. Venían los del Deportivo y al rato caían los chicos de la escuela, y todos comprábamos y pensábamos en el gran sorteo, que iba a ser el 24, y en el brindis general en la vereda. Porque de eso nadie dudaba: fuera quien fuera el ganador, seguro que convidaba.

El 23 hubo multitudes en el barrio; venían de todas partes a ver los grandes panes, y tanto enfrente de "A la Gran Flauta" como frente a "La Rosca Encantada" se formaron colas que llegaban, una hasta la estación Florida y la otra hasta la Panamericana. A la noche hubo alerta general: el cielo se puso casi negro, rodaron tres o cuatro truenos y hubo que correr a entrar los panes antes de que se largara la lluvia. El del Rulo se abolló un poco en un costado cuando Baltasar se

tropezó con el umbral, y el de la Gorda
perdió un pancito diminuto al chocar con-
tra el marco de la puerta. Pero, con todo, la
cosa no pasó a mayores, y nadie consideró
que esos pequeños deterioros disminuyeran
la belleza de nuestros queridos panes.

Al día siguiente amaneció fresco y soleado, y volvimos a sacarlos a la vereda. Se los veía más hermosos que nunca bajo la luz de la mañana, y Belarmina fue a buscar su cámara de fotos para que fuesen, además, inolvidables.

El sorteo fue a las seis en punto. Ahí estábamos todos, ansiosos y sonrientes. Con nuestra pelotita numerada en una mano y nuestro numerito de mazapán —bastante mordisqueado— en la otra.

Totito, la mascota del Deportivo Santa Rita, que es el hijo de nuestro goleador y que tiene sólo dos años, era el encargado de sacar el número pelota. Y Juana María, la abanderada de séptimo, iba a sacar el mazapán numerado.

A último momento, Totito se puso a llorar porque el hermano menor le había metido el dedo en el ojo, así que tuvimos que empezar por rifar el pan dulce volador de "La Rosca Encantada". Me parece verla a Juana María, con la cara lustrosa de tan lavada, metiendo la mano en el primoroso canasto lleno de encajes, sacando un numerito de mazapán y cantando enseguida:

—¡Quinientos cuarenta y siete!

Silencio.

Juana María que vuelve a cantar:

—¡Quinientos cuarenta y siete!

Al comienzo nadie responde, pero después salta Robertito Bombolio y nos explica que está seguro de que ese número se ven-

dió, que lo vendió él mismo y en esa misma cuadra.

Que sí, que no, y finalmente el Rulo, que no tiene más remedio que reconocer que el quinientos cuarenta y siete es el suyo. Así que mete la mano en el bolsillo del delantal y saca un numerito de mazapán acaramelado bastante completo (sólo le falta un trocito del palito del siete), donde se lee perfectamente el número premiado.

Asombros y murmullos.

Para entonces, Totito ya se había repuesto de su berrinche, así que estuvo dispuesto a sentarse en medio de la palangana llena de pelotitas que estaba enfrente de "A la Gran Flauta" y sacar una cualquiera. Como Totito no sabe leer, el que leyó el número fue Toto, nuestro goleador.

—¡Diecisiete! —gritó con su voz potente.

Esta vez todas las miradas se dirigieron hacia la Gorda, que se puso colorada como una cereza al marrasquino y no tuvo más remedio que meter la mano en el bolsillo lleno de encajes de su delantal y sacar una pelotita azulada donde cualquiera podía leer el número premiado.

Yo sé que esas coincidencias son difíciles de creer, pero de tanto en tanto suceden, y suceden, precisamente, en Florida.

Entonces los once jugadores del Deportivo Santa Rita levantaron el tablón donde estaba el gran pan dulce de "A la Gran Flauta" y lo colocaron frente a "La Rosca Encantada" y los veintisiete chicos y chicas de séptimo turno tarde de la escuela 12 levantaron con mucho cuidado el pan dulce volador de "La Rosca Encantada" y lo dejaron enfrente de "A la Gran Flauta". El Rulo y la Gorda primero estuvieron serios y preocupados, después se pusieron colorados, y después se miraron y se echaron a reír. Y con ellos nos reímos todos los presentes.

Belarmina trajo un cuchillo serrucho, algunos buscaron vasos y otros sidra fresca en la heladera. Y todos brindamos y comimos el pan dulce de la paz.

Y la Gorda probó el del Rulo y dijo que era excelente, justo igual que el que hacía su abuela en Catamarca, que era el más rico del mundo, que a ella nunca, con tantos panes que sabía hacer, le había salido tan parecido.

Y el Rulo le pegó un tarascón a un pancito

con olor a flor y a almendras mientras le comentaba al Toto que la Gorda era lindísima cuando se reía y que tenía unos ojos color mazapán acaramelado, realmente enormes.

DE LA AUTORA

En mi casa, cuando yo era chica, compraban un pan flauta más bien gordo, crocante, delicioso. A mí lo que más me gustaba era el coquito.

Mi abuela —María se llamaba mi abuela— preparaba el tuco para los ravioles y, justo cuando la olla empezaba a echar olor a domingo al mediodía, arrancaba un pedazo de la flauta (el pedazo que estaba justo al lado del coquito, que yo ya me había comido) y ensopaba la miga en el jugo colorado. Se quedaba un rato con el pancito en la mano, soplándolo para que no quemara, y después me lo regalaba: mi abuela sí que sabía hacer regalos.

Y si les cuento esto es porque no quiero que este pan del recuerdo se quede afuera de un cuento con tantos panes.

DE LA ILUSTRADORA

El primer Rulo que hice era mucho más gordo y tenía alrededor de cincuenta, la Gorda no era mucho más flaca y de edad andaba más o menos como el Rulo, pero no encajaban en el cuento.

Con el Rulo no hubo problemas, lo adelgacé y enseguidita rejuveneció y se convirtió en el personaje buscado; no pasó lo mismo con la Gorda.

Que demasiado narigona, que demasiado petisa, que demasiado ñata. ¡Qué se yo!

En estos casos lo mejor es olvidarse, y después, como de repente, tomar la lapicera y listo: ¡perfecta!, ¡es ésta!, ¡la Gorda!

Con los panes y demás exquisiteces, la cosa anduvo sobre ruedas: si no me salía una medialuna, allá cruzaba yo hasta la panadería y compraba media docena para usarlas primero de modelo y después para acompañar el café con leche, lo mismo con los bizcochitos de grasa y el matecito de las cinco de la tarde.

Así que te podés ir dando cuenta de cómo terminé de dibujar este libro: el panadero ya me parecía igualito al Rulo, y yo no estoy muy segura pero creo que tengo dos o tres kilitos de más.

ELENA TORRES

CÓDIGO DE COLOR - (Edad sugerida)

Serie **Azul**: Pequeños lectores
Serie **Naranja**: A partir de 7 años
Serie **Violeta**: A partir de 9 años
Serie **Verde**: A partir de 11 años

CÓDIGO VISUAL DE GÉNERO

Sentimientos

Naturaleza

Humor

Aventuras

Ciencia-ficción

Cuentos de América

Cuentos del mundo

Cuentos fantásticos

Poesía

Teatro

COLECCIÓN PAN FLAUTA

La puerta para salir del mundo, *Ana María Shua*
Barco pirata, *Canela*
Los imposibles, *Ema Wolf*
Expedición al Amazonas, *Ana María Shua*
Más chiquito que una arveja, más grande que una ballena,
    Graciela Montes
¿Quién pidió un vaso de agua?, *Jorge Accame*
Cosquillas en el ombligo, *Graciela Beatriz Cabal*
La guerra de los panes, *Graciela Montes*
El enigma del barquero, *Laura Devetach*
El carnaval de los sapos, *Gustavo Roldán*
Cartas a un gnomo, *Margarita Mainé*
Las hadas sueltas, *Cecilia Pisos*
Puro huesos, *Silvia Schujer*
¡Basta de brujas!, *Graciela Falbo*
El monumento encantado, *Silvia Schujer*
El caballo alado, *Margarita Mainé*
Miedo de noche, *Ana María Shua*
Un largo roce de alas, *Gustavo Roldán*
La aldovranda en el mercado, *Ema Wolf*
La señora planchita, *Graciela Beatriz Cabal*
¡Al agua, Patatús!, *Gabriela Keselman*
El viaje de un cuis muy gris, *Perla Suez*
Llegar a Marte, *Adela Basch*
El hombrecito del azulejo, *Manuel Mujica Lainez*
Pahicaplapa, *Esteban Valentino*